Dirección editorial: Elsa Aguiar
Coordinación editorial: Berta Márquez
Diseño de la colección: Estudio SM

Impresores, 2
Urbanización Prado del Espino
28660 Boadilla del Monte (Madrid)
www.grupo-sm.com

ATENCIÓN AL CLIENTE
Tel.: 902 12 13 23
Fax: 902 24 12 22
e-mail: clientes@grupo-sm.com

ISBN: 978-84-675-2293-8
Depósito legal: M-08075-2008
Impreso en España /Printed in Spain
Raíz Técnicas Gráficas, SL - Gamonal, 19 - 28031 Madrid

Cinco ovejitas

Andrés Guerrero / Ana Guerrero

sm

–¡Mamáaa...! ¡No puedo dormir!
–se quejaba el lobo chico.
–Cuenta ovejas, verás como te duermes
–contestó mamá loba.

El lobo chico se quedó pensando...
—Solo sé contar hasta cinco —dijo.

Y EMPEZÓ A CONTAR...

UNA... DOS... TRES...

CUATRO... CINCO...

Pero claro...
no se durmió.
Cinco ovejas
son muy pocas
para dormirse.

Y EMPEZÓ DE NUEVO...

UNA... DOS... TRES...

CUATRO...

CINCO...

¡Nada!
No había manera.
Y contó otra vez.

UNA Y OTRA VEZ...

UNA... DOS... TRES...

CUATRO...

CINCO...

PARA UNO Y OTRO LADO.

UNA... DOS... TRES...

CUATRO... CINCO...

HASTA QUE...

UNA... DOS...

TRES...

LAS OVEJAS ESTABAN TAN CANSADAS QUE SE NEGARON A SALTAR MÁS.

–¡MIRA! –DIJO LA MAYOR, QUE APENAS SE TENÍA EN PIE–, NO ES CULPA NUESTRA QUE SOLO SEPAS CONTAR HASTA CINCO.

–Si no puedes dormir,
prueba a comer algo.
Con algo en el estómago
se duerme mejor.

—¡Qué buena idea! —dijo el lobo chico.
Y de un bocado se comió a la oveja.
—Mmmm... —se relamió—, la verdad
es que tengo hambre.

Y DE CUATRO BOCADOS...

... SE COMIÓ A LAS OTRAS CUATRO.

Con la tripa llena, volvió a meterse en la cama.
«¡Qué bien voy a dormir ahora!», pensó.

Pero...

... cinco ovejas son muy pocas para contar,

pero son muchas para una cena (y demasiadas).

Le dolía la tripa,
y empezó a dar vueltas en la cama.
—¡Mamá! ¡Mamá!

–¿Qué te pasa, hijo?
–Me duele mucho la tripa,
me he comido todas las ovejas.

–¿Ovejas? ¿Qué ovejas...?
¡Si estabas dormido!
Has tenido una pesadilla.

El lobo chico se tocó la tripa.
No le dolía y además... ¡estaba vacía!
–Tengo hambre –le dijo a su mamá.
Y ella le trajo un tazón de leche con rosquillas.

–Mmmm... ¡Qué ricas!

Después se arrebujó en su almohada,

y durmió feliz y a gustito el resto de la noche.

Y colorín colorado...

Las cinco ovejitas se fueron a dormir al prado.